Pour Frank Arvin-Bérod
Stephane

Pour Edith, et je n'en connais qu'une!
Rascal

«Que sont mes amis devenus
Que j'avais de si près tenus
Et tant aimés ?»

Rutebeuf

Loi 49956 du 16 juillet 1949,
sur les publications destinées à la jeunesse.
Dépôt légal : juillet 2011
ISBN 978-2-211-06520-7

Mise en pages : *Architexte*, Bruxelles
Photogravure : *Media Process*, Bruxelles
Imprimé en Italie par *Grafiche AZ*, Vérone

AMI-AMI

Texte de Rascal
illustrations de Stephane Girel

PASTEL
l'école des loisirs

Dans une jolie vallée vivaient sans se connaître
un gentil petit lapin et un grand méchant loup.
Le gentil petit lapin habitait tout en bas de la vallée
dans une petite maison blanche.

Le grand méchant loup habitait tout en haut
de la vallée dans une grande maison noire.

« Le jour où j'aurai un ami,
j'aimerais qu'il soit petit comme moi»,
se disait chaque matin le gentil petit lapin.
Mais d'ami comme lui,
le petit lapin n'en avait point.

Dans sa grande maison noire,
le grand méchant loup se disait chaque soir:
«Le jour où j'aurai un ami,
je l'aimerai immensément!»

Au saut du lit, le petit lapin déjeunait
d'un jus de jeunes carottes et de quelques
tendres feuilles d'épinard et de laitue.
«Le jour où j'aurai un ami, j'aimerais
qu'il soit végétarien comme moi»,
se disait chaque matin le gentil petit lapin.
Mais d'ami comme lui,
le petit lapin n'en avait point.

Dans sa grande maison noire,
le grand méchant loup se disait chaque soir:
«Le jour où j'aurai un ami,
je l'aimerai tendrement!»

Après avoir déjeuné, le petit lapin dessinait
sur les pages blanches d'un grand carnet:
des châteaux hantés, de jolies princesses,
des chevaliers héroïques et des animaux
fantastiques en couleurs.
«Le jour où j'aurai un ami, j'aimerais qu'il sache
dessiner comme moi», se disait chaque matin
le gentil petit lapin.
Mais d'ami comme lui, le petit lapin n'en avait point.

Dans sa grande maison noire,
le grand méchant loup se disait chaque soir:
«Le jour où j'aurai un ami,
je l'aimerai avec talent!»

Le petit lapin aimait aussi jouer.
Aux dés, aux cartes, aux dames, aux échecs.
«Le jour où j'aurai un ami,
j'aimerais qu'il sache jouer comme moi»,
se disait chaque matin le gentil petit lapin.
Mais d'ami comme lui, le petit lapin n'en avait point.

Dans sa grande maison noire,
le grand méchant loup se disait chaque soir:
« Le jour où j'aurai un ami,
je l'aimerai, même mauvais perdant ! »

Le petit lapin collectionnait tout, ou presque.
Les timbres rares. Les cailloux blancs.
Les billes de verre. Les branches d'arbres
aux formes étranges. Les nids abandonnés.
«Le jour où j'aurai un ami, j'aimerais
qu'il soit collectionneur comme moi»,
se disait chaque matin le gentil petit lapin.
Mais d'ami comme lui, le petit lapin n'en avait point.

Dans sa grande maison noire,
le grand méchant loup se disait chaque soir:
« Le jour où j'aurai un ami,
mon amitié ne sera pas banale ! »

Un beau jour, ce jour-là arriva…
Le grand méchant loup descendit tout en bas de la vallée
où vivait le gentil petit lapin. Il l'aperçut en bordure
d'un chemin de terre où poussaient pêle-mêle de la luzerne

… et des fleurs des champs.
Lorsque le loup arriva à sa hauteur, le lapin sursauta
et, ne sachant trop que faire, lui tendit la brassée
de coquelicots qu'il venait de cueillir.

Le grand méchant loup prit le gentil petit lapin blanc par la main et serra dans l'autre le joli bouquet rouge écarlate. «Personne ne m'a jamais offert de fleurs…
Tu es mon ami…»
«Je ne veux pas de toi comme ami.» criait le petit lapin.
«Je veux que mon ami soit petit et tu es grand!
Je veux que mon ami aime les légumes et tu n'aimes que la viande! Je veux que mon ami sache dessiner et tes dessins doivent être affreux! Je veux que mon ami soit joueur et collectionneur et tu ne dois pas l'être!»

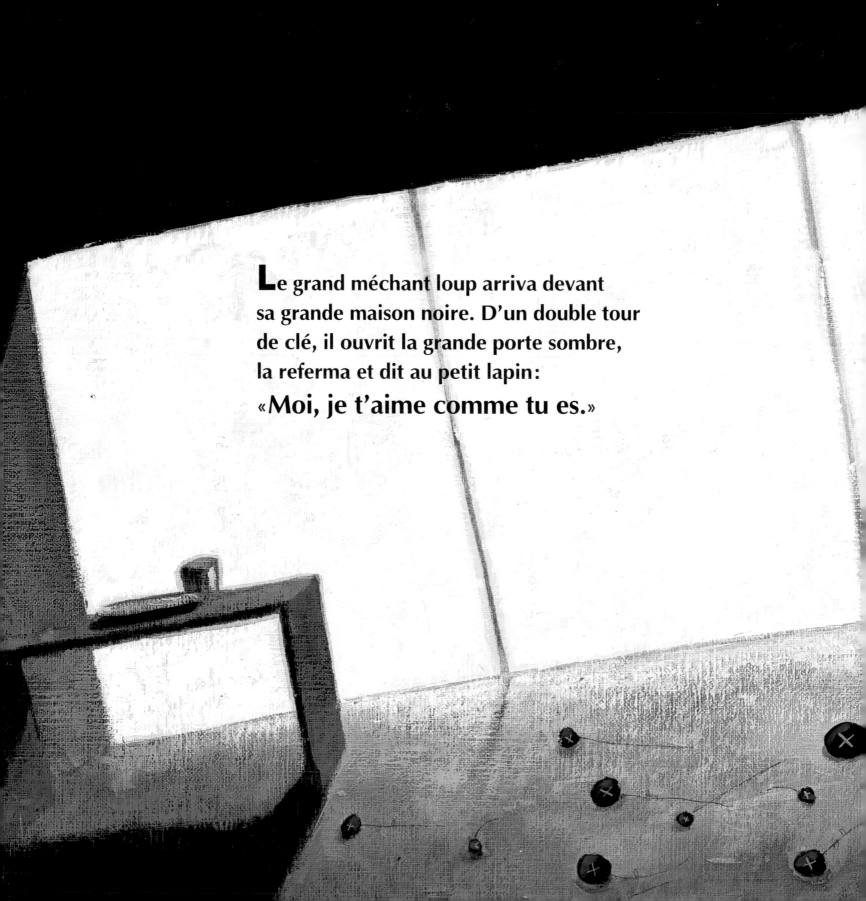

Le grand méchant loup arriva devant
sa grande maison noire. D'un double tour
de clé, il ouvrit la grande porte sombre,
la referma et dit au petit lapin:

«Moi, je t'aime comme tu es.»